ÉPITRE

A MA SŒUR

LA RELIGIEUSE.

ÉPITRE

A MA SOEUR

LA RELIGIEUSE.

Dat veniam corvis, vexat censura columbas.
On blanchit les corbeaux ; on noircit les colombes.

A HAMBOURG,

Et se trouve à Paris,

CHEZ LES MARCHANDS DE NOUVEAUTÉS.

1797.

AVANT-PROPOS.

L'AUTEUR de ces vers se souvient d'avoir entendu parler pour les Religieuses, dans la première de nos fatales assemblées politiques, M. l'abbé de Montesquiou. Les sons si touchans de sa voix retentissent encore à ses oreilles : l'impression de ses accens si pathétiques se fait sentir encore à son cœur. Quel fut cependant l'effet de cette voix ? Que produisirent ces accens ? Rien. Cette assemblée, dérisoirement appelée constituante, ne sut que tout détruire. Les couvens furent détruits comme tout le reste ; et ceux de filles, avec des caractères de barbarie plus atroces ; un raffinement de dérision plus amer. A l'injustice, à la violence on joignit l'insulte : plus de dureté fut prodiguée à plus de faiblesse ; et, en criant, liberté ! on fit au monde vingt mille vocations forcées, sous prétexte d'en rompre une ou deux peut-être abusivement faites à la Religion et à Dieu.

Certes, je ne pense pas qu'on soit devenu plus humain ou plus juste ; ni qu'il soit plus aisé de redresser et d'attendrir les nouveaux arbitres , à qui , de crimes en malheurs , est tombée aujourd'hui la puissance de disposer à leur gré des destinées des individus , comme de celles de l'état. Si je croyais qu'il fût possible de produire de bons et utiles effets par l'impression, par les écrits, par des paroles, j'aurais recours à d'autres formes. Mais je suis guéri depuis long-tems de la folie d'attendre le remède aux maux , des moyens qui les ont produits. On a quelquefois représenté la Presse et les Livres sous l'emblême de cette lance qui guérissait les blessures qu'elle avoit faites : fausse image , qui confond l'action prompte et sûre de la destruction et du mal , avec l'opération lente et douteuse de la régénération et du bien. *Les livres ont tout fait* , a dit Voltaire dans un beau mouvement poétique. S'il vivait encore nous lui dirions : Vos livres ont tout défait. Peut-être s'en accuserait-il lui-même , et le verrions-nous , comme nous avons vu l'abbé Raynal , désavouer ses barbares disciples ; briser avec indignation dans leurs mains sa statue déshonorée , et mourir en versant des larmes de sang sur ses funestes succès.

Sans réparer le mal irréparable qu'ils ont fait , les esprits supérieurs s'honorent du moins par ces aveux et ces rétractations solemnelles.

Mais ces exemples de leurs maîtres ne sont pas ceux qu'imitent les hommes médiocres , et la tourbe de plats écoliers qu'ils ont eu le malheur de former et de corrompre. Ces nains , montés sur les épaules des Encélades et des Typhons , ne peuvent plus se résoudre à descendre. Une hauteur empruntée leur a donné l'idée de la petitesse réelle. Ils ont vu qu'il faut qu'ils soient tout , sous peine de n'être rien. Ils tomberont peut-être , mais ils ne descendront pas. Non , ce n'est pas avec des raisonnemens , ce n'est pas avec des livres qu'on vient à bout d'une telle classe d'hommes. Il y auroit long - tems que justice en serait faite , si ces moyens y étaient propres. On n'a pas assez remarqué, à mon avis, le nombre et l'excellence de discours, et d'écrits, et d'ouvrages préservateurs qu'a produits cette époque désastreuse. Ce qui n'est suivi d'aucun effet, passe sans être observé. Ce qui n'a rien prévenu , rien réparé , on l'oublie. Cependant, il faut le reconnaître ; les Cassandres n'ont pas manqué à la nouvelle Troye : tout a été signalé , prévu , attaqué , combattu , jugé , condamné ; et sur les ruines elles-mêmes , sur les laves brûlantes du volcan, ont été posés des jalons et des fanaux propres à nous faire retrouver notre route, à et nous y ramener. De grands exemples, de grands

A iv

courages, de grands talens, sont restés fidèles aux solides principes ; et cette considération, pour ceux qui n'en ont jamais dévié, est la plus désespérante peut-être.

S'en remettre au tems, et déclarer qu'on n'attend plus rien que de lui, sont un sentiment et une expression, dans lesquels se réfugie la dernière espérance. Mais le tems est un héritage que je ne recueillerai pas. Moi, je n'espère plus. L'idée exprimée par cette belle image, que n'a pas gâtée l'abus même qu'on en a fait : qu'il ne reste plus qu'à s'envelopper la tête, est la seule aujourd'hui à laquelle puisse s'attacher un homme à la fois raisonnable et sensible. Aujourd'hui le plus courageux frémit en fixant son epée. Aujourd'hui le plus habile sent la plume échapper de sa main... et c'est en le déclarant ; c'est avec la plus profonde conviction de ce que je viens d'exprimer, que je fais encore et que je livre un écrit. Sa nature m'absout peut-être de cette contradiction apparente. Le sentiment et l'indignation me l'arrachent. L'indignation et le sentiment veillent encore dans le sommeil de toutes les facultés, et survivent même à l'espérance. Parvenus à un degré où leur impulsion est impérieuse, on y cède irrésistiblement. Je décris du moins ce que j'ai éprouvé. L'inspiration et la publication des vers qu'on va lire appartiennent à un de ces mouvemens. Eh ! comment s'en défendre ? D'une part, tant de faiblesse et de malheur ! De l'autre, tant de persécution et d'acharnement ! Non : quand on a éprouvé cette double impression ; quand on y a livré son ame , on n'est plus libre de persévérer dans les plus fermes résolutions d'inaction et de silence :

» Et s'il ne m'est permis de le dire au papier,
» J'irai creuser la terre. . . . .

Ils ont voulu détruire la religion chrétienne : ils y ont réussi , autant du moins qu'ils peuvent y réussir. Toutes les institutions qui étaient dans son esprit , ils les ont faites disparaître. Il n'y a plus de monastères de l'un ni de l'autre sexe ; plus même *de sœurs des hôpitaux* , mais à leur place des infirmiers, qui étranglent dans leurs lits les infirmes confiés à leurs soins (1). Ces filles dispersées ; ces Religieuses violemment contrariées dans les penchans qu'elles avaient suivis, et les habitudes

---

(1) On peut lire dans les papiers publics les détails circonstanciés de cette épouvantable horreur , commise dans un des hôpitaux de Strasbourg. Ceux qui la racontent ajoutent : On a lieu de croire que ce n'est pas la seule fois qu'un événement semblable est arrivé.—

qu'elles avaient contractées, offraient à ces ti-
tres seuls le spectacle de malheur le plus tou-
chant, et l'exemple de despotisme et de tyrannie
le plus révoltant : et quand on réfléchit que c'est
au nom et *de par* la liberté, que ces attentats
à la liberté ont été commis, l'oppression prend
un caractère de monstruosité qui fait bondir un
cœur généreux. Je rapproche quelquefois, sans
comparer les conditions, la manière dont on a
brisé les fers des noirs, et celle dont on a fait
tomber les grilles des couvens, sans pouvoir
déterminer qu'elle est celle qui doit soulever le
plus d'indignation. La démence en fureur sem-
ble avoir inspiré l'une ; comme l'autre, une
moquerie froide et barbare. C'en était fait : ces
malheureuses étaient chassées, dispersées, dépouillées : que leur avait-on laissé ? La promesse
d'un traitement rigoureusement calculé sur ce
qui avait paru indispensable pour vivre, ou
plutôt pour ne pas mourir. L'œuvre d'iniquité
était consommée, du moins elle paraissait de-
voir l'être.

Eh bien ! elle était à peine commencée. Un
degré médiocre de générosité dans l'ame suffit
pour qu'on se révolte à l'aspect de barbaries et
d'insultes commises sur le cadavre d'un ennemi
puissant, d'un monstre féroce, du lion superbe. Que

doit-on éprouver, je le demande, en y voyant
exposé celui de l'agneau doux et faible ? On le
voit cependant, on le voit tous les jours ; et qui
s'en met en peine ? Les tréteaux ne suffisent pas
pour vouer au ridicule ces malheureuses frap-
pées à mort. Leur situation inspirerait peut-
être de l'intérêt et de la pitié ; mais on sait que
le mépris en est le plus sûr corrosif ; et ce moyen
atroce et immoral, par-tout invoqué, a été par-
tout mis en œuvre. Le ridicule des tréteaux était
déjà quelque chose ; mais l'odieux, dont ils
peuvent être le véhicule, n'était pas à mépriser.
On n'a pas manqué d'y recourir, et le drame
a puissamment secondé la farce. Ainsi on a
parlé aux yeux ; ainsi on a frappé les sens des
hommes réunis. Il restait à s'adresser à l'esprit,
et à agir sur la multitude éparse. Des écrits per-
fides ; des anecdotes controuvées, surchargées
ou défigurées ; des romans obscènes ont à l'envi
et d'émulation rempli cette abominable intention. Ces millions de trompettes du mensonge
et de la renommée, qui, sous le nom de jour-
naux, ont renouvelé pour la France la plaie
des sauterelles d'Egypte, en multipliant à l'infini ces souillures, en sont devenues plus chères
à la calomnie. Les agens du gouvernement (et
quels agens ! quelle confiance leur donner,

quand on a vu , ou , et comment il les a choisis ;
quels efforts il a fallu employer pour lui arra-
cher les plus détestables , et quelle résistance il
a opposé et oppose encore à s'en dessaisir) , les
agens du gouvernement ont eu l'atroce effron-
terie de dénoncer les précautions prises , mal
prises peut-être dans les couvens comme hors
des couvens contre la folie frénétique, comme les
châtimens habituels infligés dans ces lieux pour
les plus légères erreurs (2). Enfin , la légis-
lation est entrée aussi dans cette ligue contre
un malheur qui dût être d'autant plus sacré ,
qu'il frappait des êtres plus faibles : et quand
il n'a fallu que la seconder dans une intention

---

(2) Qui n'a pas lu ce rapport tant reproduit , tant com-
menté d'un commissaire du gouvernement français dans
la Belgique , qui , ayant trouvé dans un couvent de *Je-
doigne* une maniaque renfermée et resserrée , comme on
resserre et on renferme par-tout les maniaques , a publié
de sa situation un tableau aussi détaillé que révoltant ;
s'est fait répondre par cette folle qu'elle étoit ainsi traitée
depuis sept ans , parce qu'on la trouvait *un peu trop gaie* ;
et qui , sans donner d'autre raison lui-même de ce traitement , l'a dénoncé avec perversité aux sots et aux mé-
chans , qui n'ont pas manqué d'avoir en lui , ou de feindre
une confiance aveugle , et de lui donner cours , comme
tout mensonge qui peut nuire est sûr aujourd'hui de
l'avoir ?

malfesante, l'empressement et la soumission du gouvernement ne lui ont rien laissé à désirer.

On a vu qu'une chétive somme avait été allouée à ces malheureuses, dépouillées de biens antiques, formés en grande partie de ce que chacune, sous le nom de *dot*, apportait des deniers de sa famille à la maison qu'elle choisissait pour s'y consacrer à la vie religieuse. Il faut le dire : l'Enfer a suggéré à ses ministres l'idée de convertir cette aumône légère et sacrée en un instrument de supplice et de torture. On a exigé, on exige encore pour la recevoir des Sermens : des Sermens en opposition prévue ou soupçonnée avec leur conscience ; toujours pénibles et inquiétans pour ce sentiment, dont personne n'a le droit de s'arroger de dire d'une autre qu'il est peu éclairé ; et si délicat dans ces ames timorées, que s'en approcher même légérement, c'est l'exposer à être blessé. Disons tout : on a fait du Serment une spéculation de finance. On a dit : elles sont *tant* à qui on doit *tant* : combinons une formule de Serment que *tant* refuseront de souscrire ; et il n'a pas fallu s'élever au-dessus de la seconde règle de l'arithmétique pour déterminer au plus juste le produit net d'une opération que j'avoue mon impuissance à caractériser. Un Serment !

mais quel prétexte , quel droit pour exiger dans cette circonstance un Serment quel qu'il soit ? Un Serment sans la prestation duquel je ne pourrai ni entrer en possession , ni jouir de ma propriété ; de ce qui est à moi ! Et me contestera-t-on que la somme médiocre dont il est ici question ; que cette chétive parcelle des biens dont on a violemment dépouillé les propriétaires, (usufruitiers si l'on veut; il ne m'importe ici) ne soit une propriété de cet ordre ? Je ne m'arrêterai pas à le prouver. Je sais trop que ce que l'on prouve le moins à la mauvaise foi qui le conteste , ou à la cupidité qui a intérêt à ne pas s'y rendre, c'est l'évidence. Enfin , quand on ne serait lié que parce qu'on en a pris l'engagement ; dans quel code , le code révolutionnaire excepté , trouvera-t-on l'autorisation de le surcharger et de l'aggraver d'une clause qu'il n'eût pas à son origine , et d'en faire une condition de rigueur contre celui à qui il plaît de l'imposer arbitrairement ? Un Serment ! Mais faut-il rappeller à ceux qui exigent tant de Sermens , que cet acte n'a un grand caractère que dans la croyance , et non pas dans le système de la Religion et de Dieu ? Ou veut-on nous forcer à faire la remarque , que se servir d'un moyen dont on se joue ; envers ceux qui le respectent comme sacré , et le considèrent avec une religieuse terreur , c'est s'élever à la hauteur du machiavélisme le plus perfectionné ?

Ces considérations sur le Serment furent présentées et développées quand il en était tems encore. Malgré leur solidité et leur force , ou plutôt à raison de leur force et de leur solidité, on n'y eut aucun égard. Des filles simples et timorées durent , avant de tendre la main pour recevoir une aumône légère, la lever , en prenant à témoin le nom redoutable du Dieu qu'elles croient *en esprit et en vérité,* et qu'elles n'attestent pas en vain. Un grand nombre refusa. On l'avait prévu , et l'on s'en réjouit. C'était tout gain. On se regarda comme légitimement quitte envers elles. La nation, (ne fesons pas cette injure à la nation) ceux qui sont parvenus à se constituer ses économes , ou plutôt ses intendans , de tous les biens dont ils les ont dépouillées, ne leur reconnaissent plus dès-lors ni droit, ni titre à une once de pain. Quant à celles qui ont cru pouvoir se soumettre au Serment, et qui sont le mieux traitées, on va voir comment elles le sont en effet.

Leur traitement ou pension , avait été fixé à 700 livres. Quelques-unes plus âgées devaient recevoir un peu davantage ; d'autres plus jeunes,

ou attachées à la domesticité , un peu moins .
mais cette somme étant celle qui avait été affec-
tée au plus grand nombre , j'y rapporterai les
observations que je trouve à propos de placer
ici.

Comparée à la dépouille dont elle a été ava-
rement extraite , et à tous les besoins nouveaux
que devaient éprouver des filles sans expérience
du monde , disséminées , et jetées dans un ordre
de choses si étranger pour elles, l'insuffisance de
cette somme n'aura pas échappée à la réflexion
de ceux qui, ayant seulement quelque justesse
dans les idées , les auront arrêtées un instant
sur les nécessités relatives , et la situation ab-
solue du plus grand nombre d'entre elles. Que la
pitié cependant et l'indignation attendent et se
contiennent. Ce n'est pas le moment de s'y livrer
encore. Que dis-je ? Cette époque est l'*âge d'or*
de ces infortunées. Elles ont *sept cents livres de
rente !* Mais cet âge sera pour elles aussi de
courte durée , et presque fabuleux ; et sans
aucun intermédiaire d'âge d'argent, ni de fer
même , elles tombent aussi-tôt dans l'*âge du
papier.*

Quelles idées de malheur et de détresse se
réveillent à ce mot seul ! et celles qu'on s'en fait
généralement sont faibles encoree appliquées au
malheur

malheur dont s'approche ici ma pensée. Assaillies, au dépourvu de toutes les ressources, par toutes les horreurs de la misère, ce n'est pas ces filles proscrites qui peuvent vendre pièce à pièce, pour subsister au jour le jour, une garde-robe, un ameublement, une vaisselle ; enfin du superflu, ou même du nécessaire. Ont-elles du superflu ? Ne manquent-elles pas du plus absolu nécessaire ? Cependant, point de distinction, point de faveur pour elles. Que de dégradation en dégradation ce papier fatal perde sa valeur illusoire et d'un moment ; c'est en ce papier que l'on persistera avec dérision et barbarie, à acquitter l'engagement qu'on a pris envers elles. Placées entre l'aumône et la mort, peut-on douter que la mort n'en ait prématurément moissonné un grand nombre (3) ? La dureté plus que la compassion est l'attribut des tems les plus calamiteux. Telles même étaient

----

(3) Je me fesais du nombre de ces infortunées une idée bien éloignée de la vérité, quand j'ai donné à entendre qu'il était de vingt mille. Des renseignemens plus exacts viennent de m'apprendre qu'on doit l'évaluer de cinquante à soixante mille. Mais qu'il soit réduit aujourd'hui à ma première fixation, et même au dessous, c'est ce qu'on doit présumer de tant de douleurs et de misère auxquelles ces victimes sont soumises.

B

l'étendue et la nature du malheur à l'époque que je rappelle, qu'elles ne permettent point de faire des reproches à l'humanité, à la charité même insecourables : eh ! qui pouvait donner ?

Je prie ceux qui me lisent de se représenter les infortunées dont je les entretiens, réduites, pour suffire à tous leurs besoins d'une année, à sept cents livres en assignats, aussi long-tems qu'il a plu à la volonté de leurs spoliateurs, qu'ils appellent la loi, de supposer à ce papier la valeur nominale qu'il n'eut jamais, tombée enfin par degrés à celui de la dépréciation entière. Aux assignats ont succédé les *mandats*, qui, au grand étonnement des sots, mais non pas à l'imprévoyance des fripons, se sont trouvés n'être aussi que du papier. Il a fallu recevoir encore cette monnoie fallacieuse, et elles n'en sont pas totalement sevrées. Cependant une loi vient d'annoncer qu'une parcelle de métal lui sera associée : car on leur fait la faveur de ne pas les distinguer de la foule créancière. Un quart. . . . laissons l'imposture aux termes de la loi : un huitième des créances sera, dit-on, payé en numéraire. D'après cette disposition, fesons - nous une idée exacte de la situation des Religieuses pendant la durée de l'an 4 , pour lequel a été rendue cette loi de bienfesance.

La moitié de leur traitement de sept cents livres payée en mandats, somme fictive de 350 l. , ne doit être considérée en réalité que pour ce qu'elle vaut convertie en argent. J'exagère sa valeur en la portant à 5 liv. Les trois quarts de la moitié restante ne doivent être comptés que pour *mémoire* , jusqu'à ce qu'une loi particulière s'explique à leur sujet. C'est le quart de cette moitié , et par conséquent le huitième du tout, qui doit être payé en argent , à tour de numéro ; et ce tour , Dieu sait peut-être quand il viendra. Supposons pourtant qu'il est venu pour la plus favorisée d'entr'elles : Tens la main , malheureuse , et reçois 87 liv. 10 s.; réunis-les aux 5 liv. dont je t'ai déjà enrichie ; et, si tu n'éprouves aucune retenue ; si tu n'as fait aucun frais , deux suppositions impossibles ; compose de ces deux sommes réunies, la somme totale de 92 liv. 10 s. Va ; sois nourrie , vêtue , logée ; pourvois enfin à tous tes besoins pendant tout le cours de cet an de grace et de munificence ; et crie : Vive la république !

Dira-t-on pour atténuer ma plainte , et l'indignation qu'elle soulève , que je ne décris pas seulement un malheur particulier , comme j'ai

paru me le proposer , mais que je raconte l'infortune générale et publique ; et que cette lon-
gue exposition de la calamité de quelques-uns,
n'est qu'une page de l'histoire générale de la
France ? Je prendrais difficilement pour une
objection la naïveté de cet aveu , dont je reconnais la justesse. Je sais qu'on a dit, et non
peut-être sans quelque vérité , que l'étendue et
la généralité d'un malheur y apportent quelque
consolation ; mais non pas qu'elles l'atténuent
en réalité. C'est au contraire une circonstance
qui l'aggrave. J'ajoute encore , pour donner un
dernier démenti au systême de nivellement et
d'égalisation , ce fatal instrument du b010boulever-
sement de la France , et le levier de son soulè-
vement, que le malheur lui-même résiste au
niveau de l'égalité. La même cause produit des
effets plus semblables que pareils. Il y a des degrés dans une même infortune ; et qui peut nier
qu'entre les malheureux , celles dont j'expose
et je déplore la calamité , ne soient les plus malheureuses ? S'il ne suffit pas de l'énoncer pour en
convaincre , je ramenerai l'attention de ceux
qui me lisent sur leur état, leur sexe , leurs
habitudes , leur isolement ; la jeunesse des unes ;
l'âge avancé des autres , la misère de toutes ; et
je mettrai avec confiance dans leur bouche ces

paroles touchantes , que leurs lèvres pieuses ont souvent répétées , sans prévoir que l'application leur en serait faite un jour : O vous tous qui traversés cette vallée de larmes, arrêtez-vous , et dites , s'il est une douleur semblable à notre douleur (1) ?

Une exception cependant à la détresse générale , et la plus révoltante et la plus odieuse , mérite d'être rappellé aux esprits, qui , ou trop légers , ou trop concentrés en eux-mêmes , n'en sont ni assez frappés , ni assez indignés. Je parle de la prospérité particulière que se sont composée exclusivement pour eux, les auteurs de la publique et universelle infortune : ceux qui, en imposant toutes les privations , retiennent toutes les jouissances ; qui s'engraissent de notre substance , se désaltèrent de nos larmes , et vivent de notre mort , comme les vers se nourrissent des cadavres dont ils paraissent engendrés. Je parle de ceux par qui tout s'ordonne et tout s'exécute ; qui , la plupart , n'avaient rien hier et ont tout aujourd'hui ; de ceux à qui je ne veux disputer ici ni leur pouvoir , ni leurs

______

(1) *O vos omnes qui transitis per viam , attendite et videte si est dolor sicut dolor meus ?* Office de la Semaine sainte.

honneurs ; mais à qui je conteste les salaires qu'ils s'attribuent avec un scandale si impudent, en affrontant la misère qu'ils ont faite, et les misérables qu'ils ont dépouillés. Si l'on me dit qu'il leur est *dû* en indemnité des fonctions qu'ils remplissent ; je réponds qu'il est *dû* aux rentiers, à des propriétaires de toute espèce dépossédés, aux Religieuses dépouillées, parce qu'*on leur doit* ; et que ce titre positif est antérieur et supérieur à celui qu'ils prétextent. Je réponds que si, contre toute équité, ils réclament du moins la concurrence avec eux, ils ne peuvent s'attribuer une obole au-dessus de la part qu'ils font au créancier le plus réduit, quel que soit le titre de sa créance, s'il est légitime. Ne peut-on donner qu'infiniment peu aux uns, pourquoi donnerait-on excessivement aux autres ? Et s'il en est qu'une nécessité inévitable ordonne de sacrifier, qui doit l'exemple du dévouement ? Un de ces chefs de nations, que les assasins du plus estimable d'entr'eux confondent tous sous le nom de tyrans ; et l'un de ses sujets, à qui des tyrans donnent indistinctement le nom d'esclaves, tombés au pouvoir d'ennemis barbares, étaient étendus l'un et l'autre sur des charbons ardens. La douleur arrachait à celui-ci des plaintes et des cris : « Et moi, suis-je sur des roses », lui dit Gatimosin? Si ce mot est le plus sublime de l'histoire, l'exemple que nous donnons en sera le plus étonnant. Ici, c'est nous que des barbares tiennent étendus sur le brasier, et à qui, du lit de roses sur lequel ils sont couchés, ils commandent la résignation et l'obtiennent. L'île voisine, que nous avons eu la folie de vouloir et l'ineptie de ne savoir pas imiter, offre aussi en foule des traits qu'il n'est pas inutile de faire contraster avec notre conduite. Là, un créancier arrête le convoi funébre du Roi son débiteur, et ne consent à donner main-levée du cadavre qu'après qu'il a été satisfait à son opposition. Là, plus récemment, le carrosse d'un Prince de Galles est saisi comme gage d'une légitime créance. Voilà ce gouvernement que nous ne savons qu'invectiver ; voilà les esclaves que régit et protège, puisqu'il faut vous l'apprendre vains déclamateurs, la moins imparfaite des grandes institutions humaines. Quand tous en ont le droit, quel est ici le créancier public qui oserait faire opposition au payement du salaire, que, des deniers publics, reçoit ce législateur, qui, à l'exemple du roi des animaux, s'est fait sa part, en invoquant pour tout droit ces paroles fameu-

B iv

ses : *nominor quia leo* (5) ? Il n'en est aucun cependant que n'y autorise, si ce n'est pas la loi, que font arbitrairement les hommes ; l'équité, qu'ils ne peuvent ni faire ni défaire : comme il n'en est aucune, parmi celles dont le malheur a excité ma compassion ; il n'est pas une Religieuse

---

(5) Tous les papiers publics, et aucun n'a été contredit, viennent de nous apprendre que le traitement des membres du corps dit législatif, a reçu le mois dernier une augmentation d'environ un tiers sur le mois précédent : de 450 liv. il a été porté à 635. On sait que ce traitement a été déterminé par mesures de bled, dites *miriagrames*, et, qu'évalué en argent, il doit varier conformément aux variations qu'éprouve le prix du bled. Mais il est à remarquer que l'augmentation qui vient d'avoir lieu correspond précisément à une diminution, telle dans le prix de cette denrée, que dans le cours du mois précédent, fait pour servir de régulateur, le pain est diminué à Paris de trois deniers par livre. Toutes les denrées de première nécessité ont éprouvé une diminution proportionnelle : le traitement des grands miriagramistes, directeurs, ministres, grands juges, etc. etc. n'aura pas manqué de s'elever dans la même proportion. Voilà un fait que j'expose sans y ajouter aucune reflexion. Celles qui m'assiègent ont trop d'amertume et de violence pour que je puisse me permettre de leur donner l'essor. Bornons-nous à ce rapprochement : une fille, une faible Religieuse dépouillée, reçoit 92 liv. 10 s. pour son année ; et le vigoureux Législateur s'attribue 635 livres pour son mois. . . . .

expirant dans la détresse , qui n'ait le droit d'é-
quité d'arrêter dans sa course le carrosse du
Directeur doré qui s'y étale,.et de dégalonner son
habit ridicule (6). On m'eût couronné il y a peu
de jours , et l'on me signalera comme séditieux
aujourd'hui , si je me permets de rappeler les
exemples de ces chefs dès républiques anciennes
qui fendaient eux-mêmes leur bois , et fesaient
cuire leurs légumes. Cependant ce qui était
déclamation alors, aurai• aujourd'hui une application immédiate. Les valets littéraires qui ne
manquent jamais au pouvoir, ont prêtes leurs
apologies salariées. Sous combien de formes ils
ont l'art de reproduire cette idée usée , seule
consolation qu'ils ont à nous offrir , que notre

---

(6) Saisissons cette occasion , où nous parlons du gouvernement, pour informer les rentiers des soins adminis-
tratifs qu'il se donne, et de l'emploi qu'il fait dans les
circonstances actuelles des deniers publics dont il dispose.
Il vient d'envoyer à Tunis 'e citoyen Cassal, pour y
faire l'acquisition des animaux suivans qui se trouvent
fatalement manquer à notre ménagerie : le *lion* et la
lionne, la *panthère* mâle et femelle, le *léopard*, l'*once* ›
le *chat-tigre*, le *caracal*, l'*hyène*, le *vautour* appelé
saffran-bacha, etc. etc. Voilà de nouveaux rentiers qui
nous viennent, et qui ne vivent pas de peu. Souhaitons-
leur qu'on en agisse mieux de lion à lion , que d'homme
à homme.

bonheur et nos jouissances ne sont qu'ajour-
nés. Toujours ils nous montrent de loin cette
terre promise dont nous n'approchons jamais,
et où n'entreront pas ceux qui meurent en foule
dans le désert ; mais dont on a apporté à nos
conducteurs de belles grappes qu'ils savourent
délicieusement. Un tableau comparatif des dé-
penses de l'ancien et du nouveau régime circule
et passe de main en main. Eh ! que m'importent
ces chiffres, ces calculs, de la fausseté calculée
desquels je suis assez convaincu, sans avoir
besoin de la vérifier laborieusement ? Je ne
compare moi que les tems et les circonstances ;
et sans me rendre l'apologiste des abus anciens
que je reconnois, et que je déplore certes, je dis,
que s'ils s'étoient composés seulement de la cent
millionième partie des larmes et du sang dont
se composent ceux qui fournissent au superflu
relatif de nos maîtres nouveaux, une insurrec-
tion terrible et véritablement spontanée aurait
déjà et depuis long-tems éclaté. Je me demande
comment tant de stupeur a pris la place de tant
d'irritabilité ? et je ne sais m'en rendre raison
que par l'alternative de l'influence et de la com-
pression de l'esprit de liberté. Sous l'ancien
gouvernement, il y avait en France une *liberté
de fait* qui entretenait dans les sentimens et

dans les esprits une activité , dangereuse sans doute , nous l'avons trop éprouvé , mais énergique et généreuse. On n'obtiendra pas de moi que je flétrisse du nom de despotisme le gouvernement sous lequel se sont formés et ont été régis des hommes si libres. Entre beaucoup de causes qui ont précipité sa chûte , se fait distinguer l'excès de cette flamme dévorante. , et sur-tout sa direction , dont, après les mal-habiles , se sont emparés les scélérats. Sur ses ruines c'est immédiatement élevé un esclavage *de fait* qui nous a abâtardis. On peut aujourd'hui , et je prédis qu'on pourra long-tems tout oser impunément. Le gouvernement révolutionnaire nous a si bien pliés, si bien assouplis, que ceux qui nous ont reçus au sortir de ses mains , peuvent faire fonds sur une docilité générale infiniment rassurante. Nous exténuer à leur profit , est un jeu auquel ils peuvent se livrer avec une pleine sécurité. Entreprendrions-nous de nous soustraire au joug , et de rompre les chaînes de notre liberté ? S'organisant à notre insçu , par la force même des choses qui y pousse inévitablement , le gouvernement militaire est là qui nous attend. . . .

Mais , combien au-delà de mon sujet et des idées dans lesquelles je voulais me renfermer , je me trouve emporté ! Je m'en apperçois, et je m'arrête bien tard. Trop tard aussi j'entends la critique me crier , *non erat hic locus* , et condamner ce défaut de proportion entre l'accessoire et l'objet principal. Si j'écrivais pour écrire, j'aurais sans doute évité ce défaut, ou je m'en corrigerais après l'avoir reconnu. Mais, commandé par les idées bien plus que leur commandant en effet , on comprendra que j'aie pu me laisser entraîner , et l'on n'exigera pas que je revienne sur mes pas.

J'ai cependant une parole à ajouter : aucun des sentimens, aucune des circonstances que retracent ces vers, ne sont feints ou supposés : ni ma détresse , résultant des iniquités de la révolution ; ni l'existence de la sœur, plus à plaindre que moi, à qui je m'adresse ; ni la mort de celle qui était sa compagne, et qu'a précipitée le chagirn de la violence qui lui fut faite en l'arrachant à l'état de son choix. C'est à un sujet pareil que s'applique aussi le précepte du Poëte aimable et sensible, qui a si bien dit :

» Sur-tout ne feignez rien. Loin ce cercueil factice ,
» Ces urnes sans douleur , que plaça le caprice.
« C'est profaner le deuil, insulter au tombeau. »

DELILLE.

ÉPITRE

A MA SOEUR

LA RELIGIEUSE.

PIEUSE et tendre sœur ; amie intéressante ;
Est-il vrai que toujours, colombe gémissante,
Tes larmes, tes soupirs redemandent aux cieux
Ce long cloître détruit, ce mur religieux,
Asile inaccessible, où, vingt ans, loin du monde,
Tu crois avoir goûté, dans une paix profonde,
Un bonheur ineffable, un calme sans langueur,
Doux comme l'espérance, et pur comme ton cœur ?
A de vieux préjuges ainsi toujours livrée,
Notre sagesse encor ne t'a point éclairée.
Regarde, écoute, lis, ingrate ! et reconnais
Et les maux qu'on t'évite, et les biens qu'on t'a faits.
Du bonheur des couvens la chimère pieuse
T'abuse-t-elle encor ? Lis *la Religieuse* (1) ;

---

(1) *La Religieuse ;* roman posthume de Diderot, que l'on vient
de retrouver si heureusement, et qui a été reçu avec une si vive
satisfaction. La plus grande partie des gens du monde, qui ne
connait pas du tout les couvens, n'a pas manqué de trouver la
copie parfaitement ressemblante à l'original. Il est vrai qu'elle
ressemble, on ne peut davantage, à ces *originalités* qu'on met sous

Lis *les Horreurs du c'oître* (2) , et ce rapport nouveau (3) ,
Qui , des couvens proscrits , achève le tableau.
Tu sauras à quels maux , quels pièges réservée ,
De quels pièges , quels maux nous t'avons préservée ;
Quels monstres tu chéris sous le doux nom de *sœurs* ;
Et sur-tout , quel écueil un cloître est pour les mœurs !

---

les yeux du public dans un si grand nombre de pièces de théâtre et de romans , où la plupart des *lettrés* d'aujourd'hui prennent toutes leurs idées, et puisent toute leur instruction. Les horreurs et les obscénités par lesquelles ce livre renchérit sur tant de sottises et de calomnies épuisées sur ces établissemens, ne pouvaient manquer de lui donner un prix infini , et de lui assurer un succès complet de vogue et d'estime.

(2) *Les Horreurs du cloître* , ou *les Victimes cloîtrées : * un des chefs-d'œuvres dramatiques, dont, parmi tant d'autres chefs-d'œuvres , nous sommes redevables à la révolution. Celui-ci est destiné à l'amusement de ce public choisi , pour lequel les spectacles des places de la Grève et de la Révolution , ne laissent pas que d'avoir quelque chose d'un peu trop acerbe.

(5) Un commissaire du gouvernement, officiel ou officieux, a fait, nous l'avons déjà dit, dans un des couvens de la Belgique, l'étonnante découverte d'une religieuse renfermée dans un profond soûterrain ; et de plus, hermétiquement cousue du cou en bas dans un sac de cuir. Il est à remarquer qu'elle éprouvait ce traitement depuis *sept ans* , et qu'elle le soutenait fort bien ; mais qu'à peine le citoyen commissaire l'a fait cesser, elle est morte. Il faut répéter , car on ne saurait trop publier tout ce qui peut ajouter à l'authenticité et à l'horreur de cette importante découverte, que la seule charge que le commissaire ait trouvée contre cette infortunée , pour motiver une conduite aussi barbare envers elle de la part de ces monstres de religieuses, se réduit à ceci : on la trouvait dans son couvent d'un caractère *un peu trop gai.* Voilà ce qu'on ne peut révoquer en doute ; le fait , ni les motifs. Un officier public atteste. Le procès-verbal est en règle.

Vois ces cachots impurs , cette paille infectée,
Et ce sac revoltant , où , sept ans garrottée ,
Une faible victime expie avec lenteur
D'un peu trop de gaieté la pardonnable erreur.
Roman , drame , rapport , tout sert à te confondre :
A ces témoins pressans , ma sœur , peux-tu répondre ?
  « Rapport , drame , roman , que m'importe , dis-tu :
» Va , je connais des lieux où vingt ans j'ai vécu.
» Tu dis que j'y *crus* vivre en une paix profonde :
» Puisse-je ainsi le croire en vivant dans le monde !
» Puisse-je , si vingt ans je rêvai le bonheur ,
» Me rendormir au sein d'une si douce erreur !
» Oui , oui , je fus heureuse , ainsi que je crus l'être.
» Tous ces livres menteurs que tu me fais connaître ;
» Ces tableaux sans modèle , horribles ou bouffons ,
» Ne peuvent affaiblir mes sentimens profonds.
» Laisse ce sac hideux , ou plutôt ridicule.
« L'esprit fort , à son tour , devient faible et crédule.
» Ces récits effrayans de donjons , de caveaux ,
» De malheureux traînant des fers et des lambeaux ;
» Qu'il méprisait jadis , et que le peuple admire ,
» Il les fait donc revivre aujourd'hui pour nous nuire.
» On parle de nos mœurs : ose-t-on les flétrir ?
» Qui de nous , ou du monde , à ce nom doit rougir ?
» Dans l'asile où nos jours s'écoulaient dès l'enfance ,
» L'ignorance du vice était notre innocence.
» Mais , ces reproches vains , peux-tu les répéter ?
» A nos asiles purs , est-ce à toi d'insulter ?
» Vingt ans tu vis tes sœurs , tous les jours , à toute heure.
» Tu te plaisais toi-même auprès de leur demeure ;
» Nos cœurs t'étaient ouverts : révèle leurs secrets.
» Dis , si tu les surpris , nos tourmens , nos regrets.

» Parle : à la vérité, mon frère, rens hommage. »
Oui, oui, je le rendrai ce juste témoignage.
Je dirai l'innocence, et la sérénité,
Et la constante paix, et la douce gaieté ;
Garans sûrs d'un bonheur aussi pur que tranquille,
Qui toujours m'accueillaient au seuil de votre asile.
Elles dissimulaient, me dit-on, par vertu.
Eh ! dissimule-t-on un malheur assidu ?
Gens du monde, aussi bien dissimulés le vôtre.
Vous l'essayés en vain. Se trahissant l'un l'autre,
Epoux, frères, enfans, aux cités, aux hameaux,
Me révèlent par-tout le secret de leurs maux.
Par-tout j'entends gémir les regrets et les plaintes ;
Par-tout je vois errer les soucis et les craintes.
Avec tous les besoins, toutes les passions
Nous pressent à l'envi de leurs vifs aiguillons.
Dans nos prestiges vains leurs traits nous désabusent.
Que dis-je ? Nos plaisirs eux-mêmes nous accusent.
De la bruyante joie il nous faut les éclats.
Nous cherchons le bonheur ; nous ne l'avons donc pas :
Et nous ressemblons tous à ce joueur farouche,
Qui déchirait son sein, le souris sur la bouche.
Combien de fois, pour fuir cet aspect attristant,
J'allai près de mes sœurs et je revins content.
Tout respirait le calme en elles, autour d'elles.
A nos doux entretiens leurs compagnes fidèles
Fréquemment unissaient leurs entretiens touchans.
Là j'ai vu des cœurs purs s'avouer leurs penchans ;
Et, se livrant sans trouble aux douces sympathies,
Deux *sœurs* innocemment se choisir pour amies.
Là, comme dans leurs jeux prennent un libre essor,
Les seuls êtres heureux que le monde offre encor,

Ces

Ces vierges du Seigneur , enfans par l'innocence,
Comme eux abandonnaient leur ame en ma présence.
Comme eux elles n'avaient nuls soins du lendemain ;
Comme eux elles disaient leur joie et leur chagrin.
Leur joie , aux yeux du monde, eût semblé peu de chose :
Mais leur chagrin n'etait que le pli d'une rose :
Et moi, qui me plais tant aux jeux des premiers ans,
J'etais heureux aussi, comme entouré d'enfans.
Mais à l'heure, ou de Dieu s'entonnaient les louanges,
Je me croyais ravi parmi les chœurs des anges ;
Et la religion, deposant sa terreur ,
Par l'attendrissement sollicitait mon cœur :
Tels ils étaient ces lieux , que dans sa chûte immense,
A frappés le torrent qui roule sur la France.
   O ! quels signes touchans de regret et d'amour
Eclatèrent par-tout dans ce funeste jour !
Fuyés, abandonnés vos retraites cheries ;
Quittés , agneaux proscrits , vos douces bergeries ;
Dans le vallon du monde errés , paissés, epars.
Plus d'espoir, On assiège ; on detruit vos remparts.
En vain vous resistés, à vos murs attachées ;
A vos murs , sans pitie , vous serés arrachées.
De votre asile en vain vous embrassés le seuil ;
Il faut franchir ce pas , menat-il au cercueil.
O tableau dechirant ! ô souvenir funeste,
Pour moi qui l'ai perdue , et pour toi qui me reste,
O ma sœur ! tu le vis cet excès de douleur,
Qui fit entrer la mort au sein de notre sœur :
Et tel il m'en a fait le recit trop sincère ,
L'ami qui près de vous remplaça votre frère.
Il l'a trouva mourante au seuil de son couvent.
Dans le char qui chez lui l'amena d'un pas lent,

C

Elle ne reprit point ses sens qui défaillirent.
Les soins de l'amitié, les tiens les lui rendirent :
Un peu de tems encôre elle traina ses jours....
Et bientôt la douleur en acheva le cours.

Ainsi mourut ma sœur : ainsi meurt, desséchée,
A sa terre native une fleur arrachée.

Et voilà tes fureurs, ô Révolution !
Et voilà quels forfaits on commet en ton nom,
Liberté ! Liberté ! vous, qui comptés les crimes,
De ces horribles jours, si féconds en victimes,
Ne les dénombrés pas par les seuls échafauds.
Tout n'est pas expiré sous le fer des bourreaux.
Laissés, laissés long-tems sur vos tables funèbres
Un vide spacieux pour ces morts moins célèbres,
Condamnés à finir un long cours de malheur
Par le supplice affreux de la lente douleur.
Dans ce vide effrayant qui de nous ne peut lire ?
Qui n'a pas sa douleur qui l'y doit faire inscrire ?
Là, viennent tous les jours en foule se presser
Des noms que le malheur se fatigue à tracer :
Les noms les plus obscurs ; les noms les plus superbes :
Les restes, s'il en est, du beau sang de Malsherbes ;
La fille de mon roi ; la sœur d'Elisabeth,
Sur des trônes flétris s'éteignant sans regret.
D'autres y placeront ces mères et ces filles,
Déplorables débris des plus nobles familles ;
Et ces infortunés, que de traits non moins sûrs,
Frappent de toutes parts des malheurs plus obscurs :
Ces créanciers publics, qu'on trahit et qui pleurent ;
Ceux, dans le désespoir, qui sont morts et qui meurent :
Sur son propre héritage un proscrit affamé ;
Un autre, loin du sien, de douleur consumé :

Et dans l'horreur, l'angoisse et la faim meurtrière,
La génération expirant toute entière.

Dans le sang et les pleurs que trempant ses pinceaux,
Laharpe ose tenter de tracer tant de maux (4) :
Il me suffit à moi de couleurs tempérées
Pour peindre le malheur des vierges éplorées :
Content, si ce tableau de leur dispersion
Peut ouvrir quelques cœurs à quelque émotion :
Hélas ! et ce n'est pas leur dernière souffrance.

Les voilà donc enfin disparus de la France,
Ces asiles pieux sur son sein dispersés.
L'innocence gémit sous ses voiles baissés.
De soldats blasphemant les cloîtres se remplissent ;
De chants licentieux leurs voûtes retentissent ;
A l'éclat des autels leurs trésors consacrés,
Par le fisc envahis soudain sont dévorés ;
Et sans avoir semé, la rapine moissonne
Dans des champs, qu'à vil prix la rapine abandonne.
Qu'un autre à ce partage accoure avec ardeur :
Je ne m'enrichis point des debris du malheur.
Moi, je cherche du cœur ces filles dépouillées,
Et je suis en pleurant leurs traces désolées.
Je les suis, où l'instinct guide leurs pas tremblans.
Celle-ci, qui succombe au lourd fardeau des ans,

---

(4) On le trouvera paradoxal peut-être ; mais, dans mon opinion, la révolution, qui n'est point du tout mûre encore pour l'histoire, est à son point pour la poésie. Les bons esprits et les personnes de goût ne désavoueront pas le poëte que nous lui désignons ici. De *Mélanie, aux Victimes cloîtrées*, il y a pour le talent, comme pour les intentions, une distance infinie ; cela ne se ressemble pas.

Se traine avec effort au lieu de sa naissance.
Elle s'y traine envain : le tems , en son absence,
Moissonna tous les siens ; seule elle a survécu :
Son nom même en ce lieu , son nom n'est plus connu.
  Au sein d sa famille , une autre infortunée,
Craintive se présente , et recule indignée.
Là , dans tout leur excès , tous les cœurs ont reçu
Les principes pervers d'un siècle dissolu :
Là , ce qui fait son deuil fait la commune joie.
Triste objet de risée au desespoir en proie ,
Peut-elle en cet asile enfermer sa douleur ?
Mais , hors de cet asile , où porter son malheur ?
  Ailleurs un morne-aspect accueille leur présence :
Ici , c'est l'avarice ; et là , c'est l'impuissance.
Pour fléchir l'avarice , aider la pauvreté ,
Si quelque moyen faible encor leur fût resté !
Mais l'indigent secours , qu'à leur malheur extrême,
N'osa pas refuser l'avarice elle-même ;
Tribut insuffisant au soutien de leurs jours,
Retranché par degrés , et contesté toujours,
N'est plus qu'un instrument de leur lent sacrifice.
Des vierges de Vesta tel était le supplice :
Mais un crime du moins excusait sa rigueur.
Ici , c'est l'innocence ; ici , c'est le malheur
Que , vivans , dans la tombe on condamne à descendre.
Mon impuissante voix peut-elle les défendre ?
Le cri de la pitié , dans ces tems , en ces lieux ,
On l'appelle lui même un cri séditieux.
L'etat souffre , dit on ; qu'à l'état seul on donne.
Mais l'état reçoit-il pour ne rendre à personne ?
Ou d'autres , à ses dons invoquent-ils des droits
Egaux aux droits sacrés que reclame ma voix ?

Est-il des maux plus grands que ceux pour qui j'implore ?
En a-t-on dépouille de plus faibles encore ?
Ah ! je sais trop l'abime ou se perd tout cet or :
Pris à des malheureux, il en va faire encor.
C'est par lui que de deuil on couvre au loin la terre ;
C'est par lui qu'on nourrit le monstre de la guerre :
Implacable, feroce, et jamais assouvi,
Jusqu'à quand faudra-t-il nous epuiser pour lui ?
Périsse la coupable et fausse politique,
Qui toujours commettant la fortune publique,
Et se fiant toujours au hazard des combats,
Repousse insolemment la paix de ses etats !
Ainsi, pour satisfaire à de sanglans caprices,
Ne manquera jamais l'or de nos sacrifices :
Il ne manquera pas, au sein de tant de maux,
Pour le luxe effronté de nos traitans nouveaux.
Nos tributs prodigués ; ceux qu'on extrait encore ;
Tant de larcins publics ; leur faste le devore.
De notre Dieu trahi ; de nos Rois égorgés,
Les temples, les palais, pour eux sont ravagés :
Pour eux, à l'opulence on ravit sa richesse,
Et l'antique héritage à l'antique noblesse.
Pour parer leurs Phrinés, pendent ces diamans,
De la pompe des cours superbes ornemens,
Qu'un art industrieux, en de formes plus belles,
Taille, polit, enflamme, et fait jaillir pour elles.
Autour de leurs bras nus en anneaux repliés ;
Eteincellant par-tout de leur sein à leurs pieds,
Voyez, comme en ces lieux, regorgeant de scandale,
En riant de nos pleurs, le vice les etale.
Devant cet odieux, ou ce vil superflu,
Pleure, rougis, expire, indigente vertu.

O toi ! seul protecteur qui reste à leur détresse ;
Toi , quand tout l'abandonne , à qui l'homme s'adresse,
De tes vierges , grand Dieu ! vois le trouble et l'effroi.
Dans leur delaissement je les confie à toi :
Non que j'invoque ici ces étonnans spectacles ,
Qui signalaient ton nom , quand prodigue en miracles ,
Dans l'aride desert , où tu veillais sur eux ,
D'un celeste aliment tu nourris les Hebreux ;
Et qu'ouvrant le rocher qui la tenait captive ,
Ton prêtre , en t'invoquant , fit jaillir une eau vive,
Tes prodiges toujours at estent ta bonté ;
Et le monde est courbé sous ta severité.

Mais , avec moins d'éclat , et non moins de tendresse ,
Sur ton troupeau choisi , veille , veille sans cesse.
Tes filles , ô mon Dieu ! n'ont toutes qu'un désir :
Instruis-les à bien vivre ; elles savent mourir.
Qu'une seule , aux écueils dont elle est entourée ,
Echoue imprudemment , dans le monde égarée ;
Toute la troupe sainte , et ta religion
Aussi-tôt sont en proie à sa dérision :
Grand Dieu ! n'accorde pas ce triomphe à l'impie.

  Et toi : quand l'infortune et le sang nous allie,
Ma sœur ; si je ne puis , sensible à tes revers ,
T'envoyer dans les miens que des pleurs et des vers :
Puisse au moins l'intérêt qui m'émeut et m'inspire ,
Un moment adoucir ton douloureux martyre !
Et moi, par le malheur me laissant moins touché,
De toi puisse-je apprendre à le vaincre... à souffrir !

F I N.